AF325995

VENTE DU 13 ET 14 MARS 1911

Hôtel DROUOT. — Salle N° 11

Collection

d'Antiquités

VERRES — MARBRES — BRONZES

TERRES CUITES

BIJOUX D'OR ET COLLIERS

EXPOSITIONS :

PARTICULIÈRE : Chez l'Expert D. PROVADALIEFF, 57, rue de Richelieu, du
8 au 12 mars 1911, de 2 à 6 heures.

PUBLIQUE : A l'Hôtel DROUOT, le Dimanche 12 mars, de 2 à 6 heures.

PARIS

NUMISMATIQUE ET ANTIQUITÉS

D. PROVADALIEFF

57, Rue de Richelieu, 57

PARIS

Achat et vente de monnaies anciennes et antiquités.

Rédaction de catalogues, direction de ventes publiques et expertises.

MACON, PROTAT FRÈRES, IMPRIMEURS

COLLECTION

D'ANTIQUITÉS

VERRES, MARBRES, BRONZES, TERRES CUITES
BIJOUX D'OR ET COLLIERS

VENTE AUX ENCHÈRES PUBLIQUES

A PARIS, Hôtel DROUOT, Salle N° 11

Le Lundi 13 et Mardi 14 Mars 1911

A DEUX HEURES PRÉCISES

Commissaire-priseur :

M° Émile BOUDIN

14, Rue de la Grange-Batelière

Expert :

M. D. PROVADALIEFF

57, Rue de Richelieu

EXPOSITIONS :

PARTICULIÈRE : Chez M. D. PROVADALIEFF, 57, rue de Richelieu, du 8 au
12 mars 1911, de 2 à 6 heures.

PUBLIQUE : A l'Hôtel DROUOT, le Dimanche 12 mars, de 2 à 6 heures.

PARIS

CONDITIONS DE LA VENTE

La vente sera faite au comptant.

Les acquéreurs paieront 10 pour cent en sus des prix d'adjudication.

L'expert se réserve la faculté de réunir ou de diviser les lots.

Il se charge, aux conditions habituelles (5 °/₀ sur le chiffre des adjudications), des commissions qu'on voudra bien lui confier.

L'exposition mettant le public à même de se rendre compte de l'état et de la nature des objets, il ne sera admis aucune réclamation une fois l'adjudication prononcée.

ABRÉVIATIONS :

A dr. : à droite. — Cent. : centimètres. — Diam. : diamètre. — Haut. : hauteur. — Larg. : largeur. — Long. : longueur. — MM. : milimètres. — N° : numéro. — Pl. : planche. — Rest. : restauré. — R. : revers. — Signi : signifie. — Voy. : voyez.

ANTIQUITÉS

VERRES PHÉNICIENS

1 Amphorisque, pâte bleu foncé, incrustations barbes de plumes et rubans, blanc, bleu, jaune. Haut. 108 mm. Restauré.

2 Amphorisque pâte blanche, chevrons et rubans bruns, irisation nacrée. Haut. 76 mm. Rest.

3 Alabastre, fond bleu, décoration barbes de plumes, belle irisation. Haut. 125 mm. Rest.

4 Amphorisque polychrome, chevrons incrustés, jolie irisation argentée. Haut. 73 mm. Rest.

5 Pommeau d'épée en pâte de verre, incrusté de filets blancs formant une rosace. Diam. 45 mm.

6 Pommeau d'épée en pâte de verre, rosace incrustée, formée de filets bruns, rouges et blancs. Diam. 49 mm.

7 Alabastre pâte blanche opaque, cercles et dentelures bruns. Jolie pièce. Haut. 132 mm. *Voy. pl. I, n° 1.*

8 Jolie amphorisque, incrustations dessins de vannerie. Haut. 112 mm. Rest. *Voy. pl. I, n° 2.*

9 Très joli alabastre, fond rouge, dentelures originales bleu et jaune. Pièce rare. Haut. 110 mm. *Voy. pl. I, n° 3.*

10 Balsamaire, forme alabastre, cannelé en torsade, deux petites anses. Irisation bleue. Haut. 110 mm. *Voy. pl. I, n° 4.*

11 Joli alabastre opaque, chevrons et cercles bruns. Haut. 110 mm. *Voy. pl. I, n° 5.*

12 Balsamaire cóniforme, irisation reflet d'or. Haut. 105 mm. *Voy. pl. I, n° 6.*

13 Joli petit alabastre, pâte blanche, dentelures et filets bruns. Haut. 95 mm. *Voy. pl. I, n° 7.*

14 Alabastre bleuâtre à incrustations jaunes et bleues, barbes de plumes. Jolie irisation nacrée. Haut. 95 mm. *Voy. pl. I, n° 8.*

15 Petit alabastre, pâte bleu foncé, incrustations barbes de plumes, jaune et bleu. Haut. 80 mm. *Voy. pl. I, n° 9.*

16 Joli amphorisque, pâte bleue opaque, chevrons bleu et jaune d'ocre. Haut. 96 mm. *Voy. pl. I, n° 10.*

17 Petit amphorisque irisé argent, incrustations filets et zigzags, jaune et blanc. Haut. 72 mm. Rest. *Voy. pl. I, n° 11.*

18 Amphore pomiforme bleu foncé, barbes de plumes et rubans incrustés jaune et bleu. Haut. 65 mm. *Voy. pl. I, n° 13.*

19 Petite œnochoé, incrustations rubans et chevrons bleus et jaunes, jolie irisation, bouche trilobée. Haut. 76 mm. *Voy. pl. I, n° 14.*

20 Amphorisque bleu foncé, filets jaune d'ocre, dessins vannerie incrustés bleu. Haut. 75 mm. *Voy. pl. I, n° 15.*

21 Amphorisque belle irisation verte et nacrée, filets et chevrons blancs et jaunes, anses nacrées. Haut. 75 mm. *Voy. pl. I, n° 16.*

VERRES IRISÉS

22 Joli petit flacon, forme plate, irisation nacrée. Haut. 98 mm. *Voy. pl. I, n° 17.*

23 Petit flacon, forme aiguière, anse coudée, large goulot évasé. Haut. 65 mm. Couleur olive.

24 Une fiole ovoïde, goulot court, irisation verte. Haut. 55 mm.

25 Fiole piriforme, irisation verte. Haut. 70 mm.

26 Petite amphore bleue, forme gourde, entourée d'un cercle en torsade se terminant aux anses. Haut. 45 mm. *Voy. pl. I, n° 21.*

27 Minuscule fiole piriforme, irisation verte. Haut. 37 mm.

28 Manche d'un outil de médecin, irisation argentée. Haut. 50 mm.

29 Petit flacon, forme ovoïde, incrusté d'épines, belle irisation. Haut. 69 mm. *Voy. pl. I, n° 18.*

30 Amphorisque en pâte brune, incrusté d'ornements en zigzags blancs. Haut. 44 mm.

31 Petit flacon, couleur et forme de datte. Haut. 72 mm. *Voy. pl. I, n° 12.*

32 Flacon pomiforme, cannelé, belle irisation dorée et arc-en-ciel, Haut. 77 mm.

33 Balsamaire sphéroïde côtelé, sur pieds, goulot double, fond large, embouchure cerclée, irisation nacrée. Haut. 115 mm. *Voy. pl. I, n° 28.*

34 Balsamaire fusiforme, 4 faces creuses, jolie irisation. Haut. 197 mm. *Voy. pl. I, n° 22.*

35 Petit flacon, long goulot. panse creuse, irisation très belle. Haut. 82 mm.

36 Coupe forme ronde, 4 creux autour, irisation nacrée et bleue, Haut. 60 mm.
Rest.

37 Petite aiguière à bouche trilobée, anse coudée, sur la panse, filets en relief, irisation bleue et violette. Haut. 125 mm. *Voy. pl. I, n° 25.*

38 Joli flacon, long col, panse pomiforme et creuse. Splendide irisation arc-en-ciel. Haut. 95 mm. *Voy. pl. II, n° 21.*

39 Coupe en verre jaune à reflets bruns, cannelures en relief. Haut. 60 mm. *Voy. pl. I, n° 19.*

40 Coupe avec rebord, d'une irisation rare, argent, orange et ciel. Haut. 42 mm. *Voy. pl. II, n° 22.*

41 Flacon pomiforme, bleu foncé. goulot étroit, bouche évasée. Haut. 120 mm. *Voy. pl. I, n° 27.*

42 Flacon pâte de verre, panse à cannelures, irisation magnifique. Haut. 75 mm. *Voy. pl. II, n° 12.*

43 Flacon piriforme, décoré de dessins polychromes, splendide irisation. Haut. 118 mm. Rest.

44 Large coupe crénelée, belle irisation nacrée. Haut. 50 mm. *Voy. pl. I, n° 20.*

45 Balsamaire pomiforme, trouvé en Syrie, très jolie irisation or, rose et nacrée. Haut. 105 mm.

46 Petit vase pomiforme brun, d'une riche et rare irisation. Haut. 74 mm. *Voy. pl. II, n° 19.*

47 Gobelet, goulot cerclé très évasé, irisation brune. Haut. 95 mm. *Voy. pl. I, n° 29.*

48 Jolie fiole. forme ronde, à goulot large, superbe irisation de scarabée. Haut. 66 mm. *Voy. pl. II, n° 20.*

49 Coupe en verre bleuâtre, fils agglutinés bleus en spirales et zigzags, irisation bleutée. Haut. 51 mm. *Voy. pl. I, n° 30.*

50 Petite coupe opaque, fil agglutiné en zigzags, irisation bleutée. Haut. 51 mm. *Voy. pl. II, n° 23.*

51 Balsamaire en verre bleuâtre, à crénelures imitant une grappe, jolie irisation nacrée. Haut. 140 mm. *Voy. pl. I, n° 24.*

52 Vase pomiforme, cannelures torses, irisation polychrome d'un joli effet. Haut. 72 mm. *Voy. pl. II, n° 13.*

53 Flacon forme aiguière, anse coudée, goulot évasé, irisation argentée. Haut. 110 mm.

54 Joli balsamaire, forme ovoïde, larmes en relief, irisation or, mauve, bleu, vert. Haut. 91 mm. *Voy. pl. II, n° 14.*

55 Flacon, forme carrée, anse coudée, goulot étroit, irisation argentée. Haut. 110 mm.

56 Balsamaire pomiforme, goulot très étroit, ornements en relief, irisation brune et nacrée. Haut. 90 mm. *Voy. pl. II, n° 10.*

57 Flacon piriforme orné de filets agglutinés. opale bleuté. Haut. 120 mm. *Voy. pl. I, n° 26.*

58 Joli aryballe en verre d'un très beau bleu, bouche cerclée. Haut. 78 mm. *Voy. pl. II, n° 11.*

59 Flacon, forme chandelier, irisation ciel, violet. Haut. 125 mm.

60 Vase, forme aryballe, verre bis, irisé mauve. Haut. 80 mm. *Voy. pl. II, n° 9.*

61 Balsamaire sphéroïde, fond opale, irisation argentée. Beau reflet violet. Haut. 120 mm.

62 Élégant balsamaire piriforme, cannelé, goulot surélevé, fils agglutinés, bouche nacrée ; verre d'une irisation rare, reflets argentés, verts et violets formant dessins. Haut. 110 mm. *Voy. pl. II. n° 7.*

63 Vase orné d'un fil agglutiné en zigzags ajourés tenant de la bouche à la panse. Jolie irisation nacrée beige et bleue. Haut. 79 mm. *Voy. pl. II, n° 6.*

64 Joli amphorisque verre phénicien, décoré de barbes de plumes et de filets blancs, irisation polychrome. Haut. 130 mm. *Voy. pl. II, n° 5.*

65 Alabastre en pâte de verre, cannelé en torsade, deux petites anses. couleur gris plon b. Haut. 111 mm. *Voy. pl. II, n° 18.*

66 Élégante aiguière en verre transparent très fin, anse ronde, bouche évasée, irisation nacrée verte et violette. Haut. 125 mm. *Voy. pl. II, n° 8.*

67 Flacons jumeaux, lacrymatoire, cerclés de fils agglutinés, teinte brune avec irisation couleurs vives. Haut. 140 mm. Sujet original. *Voy. pl. II, n° 17.*

68 Joli balsamaire, forme chandelier, pâte de verre, belle irisation or, bleu, rose, vert. Haut. 140 mm. *Voy. pl. II, n° 16.*

69 Flacon piriforme, très belle irisation formant dessins multicolores, nacrée et argentée. Haut. 137 mm. *Voy. pl II, n° 2.*

70 Bouteille en verre irisé, à cannelures, bouche évasée, anse large et coudée. Irisation rare et magnifique. Haut. 135 mm. *Voy. pl. II, n° 3.*

71 Joli flacon de forme ronde et plate. bouche évasée, irisation faisant marbrures de diverses couleurs très vives et d'un bel effet. Haut. 135 mm. *Voy. pl. II, n° 4.*

72 Aiguière à bouche trilobée et cordon agglutiné, très jolie irisation or, vert et argent. Haut. 170 mm. *Voy. pl. II, n° 1.*

73 Vase à long col, d'une grande élégance, verre transparent avec irisation, bleu, violet, charmant effet. Haut. 250 mm. *Voy. pl. II, n° 15.*

74 Joli alabastre, verre irisé jaune, cannelures verticales, anses et bouche azur. Haut. 275 mm. *Voy. pl. II, n° 24.*

75 Flacon forme aiguière. Belle irisation laiteuse et nacrée. Haut. 165 mm.

76 Flacon pomiforme, goulot élancé, fils agglutinés très fins. Belle irisation, dorée, violette et émeraude. Haut. 175 mm. *Voy. pl. I, n° 25.*

77 Balsamaire forme allongée, goulot évasé et surélevé. Haut. 116 mm.

78 Flacon piriforme, pâte verdâtre, goulot évasé, irisation nacrée. Haut. 160 mm.

79 Balsamaire irisé à panse cintrée, goulot cylindrique, anse large. Haut. 120 mm.

80 Élégant balsamaire irisé, fils agglutinés. Haut. 110 mm.

81 Petit godet verre opaque bis. Haut. 37 mm.

82 Flacon fusiforme, quatre faces creuses, irisation dorée. Haut. 150 mm.

83 Aiguière à long col, anse se continuant au bas par des cannelures. Irisation bleue. Haut. 242 mm. Rest.

84 Amphore en verre bleuâtre, cercles et anses cannelées bleu. Haut. 240 mm. Rest.

85 Gobelet arabe, décoré de dessins bruns. Haut. 130 mm.

86 Gobelet arabe, irisation nacrée et violette. Haut. 160 mm. Rest.

87 Joli gobelet arabe, superbe irisation or, rose, nacre. Haut. 90 mm.

88 Flacon piriforme, goulot large, jolie irisation mauve et vert. Haut. 123 mm.

89 Coupe en verre bleuâtre, cannelures torses et cercle. Haut. 90 mm.

90 Coupe en verre bleu irisé, cannelures et cercle. Haut. 90 mm.

91 Flacons jumeaux en verre bleuâtre, anse coudée, fils agglutinés, irisation mauve bleu et or. Haut. 97 mm.

92 Petit flacon rectangulaire, goulot cerclé, irisation mauve et blanc. Haut. 52 mm.

93 Petit godet, irisation polychrome. Haut. 25 mm.

94 Joli flacon piriforme opale, orné de 5 filets, goulot évasé. Haut. 173 mm.

95 Bouteille coniforme brune, côtelée. Haut. 118 mm.

96 Flacon pomiforme, goulot évasé, irisation verte. Haut. 90 mm.

97 Joli flacon, embouchure évasée, irisation vert et or. Haut. 90 mm.

98 Balsamaire, panse creuse, goulot large, irisation brune. Haut. 60 mm.

99 Flacon pomiforme, goulot très étroit, irisation brune. Haut. 75 mm.

100 Gobelet azuré, jolie irisation. Haut. 70 mm.

101 Gobelet verre irisé bleu et nacre. Haut. 66 mm.

102 Un lot d'amulettes, formes chatons, en verre imitant des intailles.

MARBRES ET PIERRES

103 Fragment d'un bas-relief en pierre dure, représentant trois personnages
     égyptiens assis sur un trône, se tenant par les bras. Sur leurs genoux, ins-
     criptions hiéroglyphes. Haut. 350 mm.
104 Deux fragments de stèles égyptiennes gravées de personnages et hiéroglyphes.
     Larg. 160 mm. et 190 mm.
105 Jarre très jolie en onyx, avec veines transparentes. Haut. 255 mm.
106 Stèle coloriée et gravée de personnages égyptiens et de signes hiéroglyphiques.
     Haut. 308 mm.
107 Statue en marbre de Dionysos debout relevant sa chlamyde, chaussé de
     sandales, le pied gauche posé sur une panthère gisant. Haut. 90 cent.
     Voy. pl. III, nº 1.
108 Femme debout drapée. Son vêtement retenu sur le bras gauche les cheveux
     relevés en crobyle sur la tête. Haut. 270 mm.   *Voy. pl. III, nº 2.*
109 Torse en marbre sur socle d'un athlète aux muscles vigoureux. Haut. 43 cent.
     Voy. pl. III, nº 3.
110 Tête de femme ayant les cheveux ondulés. Haut. 95 mm.   *Voy. pl. III, nº 4.*
111 Priape assis, portant une espèce de corbeille et une peau de bête pleine
     de fruits fixée sur l'épaule. Jambes cassées, bras manquant. Haut. 180 mm.
     Voy. pl. III, nº 5.
112 Tête de Dionysos couronné de lierre, socle de marbre rouge. Haut. 96 mm.
     Voy. pl. III, nº 6.
113 Tête de Jupiter barbu. Haut. 87 mm.
114 Tête de Dionysos en marbre d'un très joli travail sur socle. Haut. 88 mm.
     Voy. pl. III, nº 7.
115 Tête de Dionysos ceinte d'un bandeau et de lierre. Haut. 99 mm.
116 Torse d'un adolescent, tenant une torche de ses deux mains. Haut.
     60 cent.
117 Fragment en deux pièces d'une frise d'un temple : épis et fruits en guir-
     lande, tête de chevreuil et de Méduse. Haut. 42 cent., larg. 54 cent.
118 Tête de Dionysos en porphirite. Haut. 80 mm.
119 Nymphe assise sur un rocher, drapée et appuyée sur la main droite. Haut.
     36 cent.

BRONZES

120 Statuette d'Osiris debout, coiffé d'une mitre conique. Il tient à la main
les symboles, le crochet et le fouet. Haut. 260 mm. *Voy. pl. IV, n° 1.*

121 Buste d'Isis, coiffée du disque entre deux cornes, tendant la main droite qui
devait tenir un attribut cassé, la figure recouverte d'une feuille d'or.
Haut. 165 mm. *Voy. pl. IV, n° 2.*

122 Osiris assis, coiffé d'une mitre conique, tenant en mains les symboles, le
crochet et le fouet. Haut. 165 mm. *Voy. pl. IV, n° 3.*

123 Isis assise allaitant Horus, elle est coiffée du disque entre deux cornes. Haut.
142 mm. *Voy. pl. IV, n° 4.*

124 Buste d'Isis coiffée du klaft. Haut. 120 mm. *Voy. pl. IV, n° 5.*

125 Bœuf Apis debout, disque entre les cornes. Sur la selle et encolure ornements
quadrillés. Haut. 100 mm. *Voy. pl. IV, n° 6.*

126 Jolie tête casquée de Persée, très beau travail. Haut. 50 mm. *Voy. pl. IV, n° 7.*

127 Bacchus debout, de la main droite versant du vin d'un vase, très joli travail.
Haut. 61 mm. *Voy. pl. IV, n° 8.*

128 Personnage romain drapé tenant une patère de la main droite. Haut. 94 mm.
Joli socle. *Voy. pl. IV, n° 9.*

129 Applique, buste de Silène, la bouche étirée, la barbe bouclée. Travail grec.
Haut. 65 mm. *Voy. pl. IV, n° 10.*

130 Cheval au pas, licol sur le cou, trouvé à Olymbes : un pied manque. Haut.
66 mm. *Voy. pl. IV, n° 11.*

131 Vénus debout soutenant ses tresses de cheveux de ses deux mains : les pieds
manquent. Haut. 95 mm. *Voy. pl. IV, n° 12.*

132 Vénus Pudique debout, coiffée d'un diadème, le bras droit cassé. Haut.
168 mm. *Voy. pl. V, n° 1.*

133 Statuette de Discobole tenant le disque de la main droite, sur le bras gauche,
une chlamyde. Haut. 157 mm. *Voy. pl. V, n° 2.*

134 Homme imberbe debout, drapé. Jolie patine. Haut. 105 mm. *Voy. pl. V, n° 4.*

135 Tête de nègre. Haut. 45 mm. *Voy. pl. V, n° 5.*

136 Applique. Tête de Dionysos couronné de grappes. Haut. 30 mm.
Voy. pl. V, n° 6.

137 Statuette de Vénus debout, tenant une pomme de la main gauche. Haut.
75 mm. *Voy. pl. V, n° 7.*

138 Applique. Buste de Silène sur marbre. Haut. 40 mm. *Voy. pl. V. n° 8.*

139 Tête de satyre tirant la langue. Haut. 57 mm. *Voy. pl. V, n° 9.*

140 Chevreuil messynien. Haut. 70 mm.

141 Isis debout, drapée, retenant son manteau de la main gauche et coiffée du klaft. Haut. 132 mm.

142 Partie antérieure d'une panthère, collier formé de palmettes. Haut. 60 mm.

143 Bélier debout. Haut. 70 mm.

144 Homme debout tenant une chlamyde et la main droite appuyée sur la hanche. Haut. 87 mm.

145 Esculape debout, drapé. Travail très fin : un pied manque, une main également. Haut. 75 mm.

146 Hercule debout levant sa massue, style barbare. Haut. 122 mm.

147 Mercure debout tenant une bourse. Haut. 77 mm.

148 Pigeon au repos. Haut. 49 mm.

149 Harpocrate assis, vêtu d'une tunique, coiffé du pschent, les cheveux tressés, signe de la jeunesse, sa main droite à la bouche et de la gauche tenant une corne d'abondance. Haut. 70 mm.

150 Bélier debout. Haut. 52 mm.

151 Statuette de Pallas debout casquée. Haut. 91 mm.

152 Esculape debout, drapé, la poitrine nue. Jolie patine. Haut. 95 mm.

153 Tête de chat égyptienne, patine verte. Haut. 35 mm.

154 Paon debout. Haut. 64 mm.

155 Hercule debout tenant un canthare de la main droite et sa massue de la main gauche. Haut. 62 mm.

156 Bélier retournant la tête. Haut. 35 mm.

157 Petit amour tenant un oiseau dans ses bras. Haut. 58 mm.

158 Petit bronze représentant le dieu Mithra sur un taureau. Haut. 85 mm.

159 Groupe de deux comédiens. Haut. 55 mm.

160 Applique tête de tigre en saillie. Diam. 35 mm.

161 Petit chien couché tournant la tête, ayant un collier. Haut. 21 mm.

162 Cerbère, chien à trois têtes, intéressante pièce. Haut. 22 mm.

163 Petit amour debout. Haut. 75 mm.

164 Aigle déployant ses ailes, la tête vers la gauche. Haut. 90 mm.

165 Hibou droit écartant ses ailes. Haut. 68 mm.

166 Aigle debout entr'ouvrant ses ailes. Haut. 60 mm.

167 Aigle debout sur un autel. Haut. 55 mm.

168 Aigle sur un piédestal triangulaire. Haut. 55 mm.

169 Aigle debout, ses deux serres s'imprimant sur la tête d'un cerf. Haut. 52 mm.

170 Aigle sur une roche, forme cloche. Haut. 51 mm.

171 Aigle debout, sur le dos d'un cerf. Haut. 50 mm.

172 Aigle sur un socle. Haut. 48 mm.

173 Aigle debout sur un socle. Haut. 47 mm.

174 Aigle de face, ouvrant les ailes. Haut. 48 mm.

175 Aigle sur une tête de bouc. Haut. 49 mm.

176 Aigle debout sur un globe. Haut. 40 mm.

177 Aigle debout sur la tête d'un taureau. Haut. 48 mm.

178 Aigle droit sur un socle rond. Haut. 43 mm.

179 Hibou droit, écartant ses ailes. Haut. 35 mm.

180 Lion couché. Long. 50 mm.

181 Situle ayant deux anses mobiles, décorations gravées. Eros portant une coupe, deux femmes tenant des coffrets, femme et Bacchus ayant des rameaux fleuris et un calice. Embouchure de la situle formée d'un masque de lion ouvrant la gueule. Haut. 150 mm.

182 Lampe à deux becs, l'anse est formée par un aigle éployant ses ailes ; tête de Bacchante en face, des deux côtés têtes de Silènes. Long. 195 mm.

183 Boîte à miroir. Diam. 115 mm.

184 Boîte à miroir ornée d'une tête de femme en relief. Diam. 112 mm.

185 Applique poignée d'un vase trouvée à Sparte, deux têtes juxtaposées. Haut. 110 mm.

186 Anse de vase forme bucrâne. Haut. 70 mm.

187 Fragment sur lequel repose un serpent replié. Long. 50 mm.

188 Deux strigiles dont l'un cannelé. Long. 255 mm. et 220 mm.

189 Deux jolies clés, une avec anneau pliant. Haut. 60 mm. et 20 mm.

190 Jolie fibule, forme de roue à 6 rayons. Diam. 35 mm.

191 Un lot composé de deux figurines, 1 bracelet et une fibule, serpent replié.

192 Un lot de pointes de flèches, de boucles et divers ornements.

193 Prochous, en forme d'animal (outre), anse surélevée cassée, sur le col un cercle ornementé, sur le fond masque et deux rosaces par côté. Sur quatre pieds trois cassés. Long. 420 mm.

Voy. pl. V, n° 3.

194 Askos en forme d'ours soutenu par des chaînettes et anneaux. Haut. 110 mm.

195 Glaive, arêtes et cannelures rectilignes, poignée nue. Long. 43 cent.

196 Lot composé d'une petite lampe en forme de tête de nègre er d'une fibule ronde en forme d'anneau patine verte.

197 Anse de vase, couvercle se terminant par un griffon.

198 Anses de vase, forme de cœur, tête barbue gravée.

199 Anses de vase, forme tête de bœuf.

200 Patère, manche cannelé se terminant par une tête de fauve. Diam.
350 mm.

TERRES CUITES. — VASES

201 Lécythe fond rouge, figures noires représentant deux lutteurs combattant
entre deux témoins. Haut. 215 mm.   *Voy. pl. V, nº 10.*

202 Aryballe fond noir, figure rouge. Victoire lançant des balles. Haut. 135 mm.
Voy. pl. V, nº 11.

203 Enochoé athénienne, sur la panse un lutteur combattant un lion devant
Hercule qui tient une massue et relève sa main, VIᵉ siècle avant J.-C. Haut.
165 mm.   *Voy. pl. V, nº 12.*

204 Pyxis athénien, figures rouges représentant un amour offrant des présents à
une nymphe, couvercle orné de laurier. Haut. 150 mm. *Voy. pl. V, nº 13.*

205 Enochoé athénienne, goulot trilobé, formant tête de nymphe, yeux colorés.
Haut. 170 mm.   *Voy. pl. V, nº 14.*

206 Lécythe fond rouge : guerrier entre quatre hoplites armés. Haut. 200 mm.
Voy. pl. V, nº 15.

207 Lécythe, en relief jeune homme tenant une énochoé : trouvé à Corinthe.
Haut. 195 mm.   *Voy. pl. VII, nº 9.*

208 Skyphos. Satyres dansant avec des nymphes et sphinx. Haut. 120 mm.

209 Skyphos. Nymphes. Satyres et sphinx. Haut. 120 mm.

210 Lécythe fond rouge, figures noires. Haut. 210 mm.

211 Lécythe : guerriers et amazone combattant. Haut. 154 mm.

212 Lécythes. Satyres dansant avec une nymphe. Haut. 140 mm.

213 Petit lécythe fond noir. Tête coiffée d'un chapeau. Haut. 105 mm.

214 Petit amphorisque avec son couvercle, décors et cygnes. Haut. 108 mm.

215 Cylix. Dionysos assis sur une chaise levant une coupe, entre deux satyres.
R̶. Dionysos couché entre deux satyres. Diam. 190 mm.

216 Aryballe, jolis décors : amour offrant des présents aux nymphes . Rest. Haut.
200 mm.

217 Vase en forme de poisson (thon). Long. 210 mm.

218 Amphore, anses unies. Sur le col, têtes de femmes. Entre deux ornements,
un guerrier debout appuyé sur sa lance devant un autel. R̶. Éphèbe enveloppé dans un manteau. Haut. 42 cent.

219 Amphore fond rouge. Neptune tenant un cheval. R̸. Personnage debout, anses ornementées, embouchure évasée. Haut. 270 mm.

220 Amphore fond rouge, anses ornementées, amazone combattant avec un griffon, R̸. deux personnages. Haut. 275 mm.

221 Lécythe fond noir, personnage marchant. Restauré. 260 mm.

222 Vase, buste d'Apollon, les cheveux noués en crobyle sur le sommet de la tête, goulot cassé. Haut. 245 mm.

223 Enochoé à bouche trilobée, pied noir, trois personnages en clair. Haut. 155 mm.

224 Aryballe, fond noir. Amour volant. Haut. 95 mm.

225 Amphore de Clazomène ornée d'animaux, ibis, tigres. Haut. 130 mm.

226 Miroir. Jeune homme et jeune fille assis en face l'un de l'autre, en relief. Rare pièce trouvée en Corinthe. Haut. 180 mm.   *Voy. pl. VII, n° 11.*

227 Médaillon, buste à mi-corps de Dionysos couronné de lierre. Diam. 210 mm.
     Voy. pl. VII, n° 7.

228 Lampe émaillée rouge, décorée d'un coq debout devant un kalathos. Diam. 100 mm. Très intéressant.

229 Lampe ornée de feuilles de vigne et de raisins; au milieu, Eros sur un dauphin. R̸. Inscription **ΜΑΡΚΟΥ**. Diam. 82 mm. Bec restauré.

230 Lampe représentant une tête de satyre. Haut. 125 mm.

231 Bouteille en buste d'Isis coiffée du disque. Haut. 200 mm.

232 Fragment d'un vase. Eros en relief. Haut. 145 mm.

233 Lampe ornée de feuilles et de grappes; au milieu, cannelures. R̸. Inscription, **ΠΩϹΦΟΡΟΥ**. Diam. 85 mm.

234 Petit aryballe égyptien avec cannelures. Haut. 53 mm.

235 Aryballe orné d'une chimère et oiseau. Haut. 134 mm.

236 Deux aryballes, un orné d'une roue et filets, l'autre d'un oiseau et ruban. Haut. 110 mm. et 93 mm.

237 Deux aryballes avec paons et oiseaux divers.

238 Deux aryballes forme alabastre, décorés.

239 Deux aryballes avec ornements et oiseaux.

240 Deux kypelons ou coupes corinthiennes, ornés de filets et dessins.

241 Deux coupes corinthiennes ornementées.

242 Quatre petits aryballes ornés d'étoiles.

243 Six aryballes, décorations diverses.

244 Trois aryballes forme d'amphorisque, jolies décorations.

245 Lot de six aryballes forme alabastre, décors divers, oiseaux, filets, etc.

246 Lot de huit aryballes décorés de guerriers et ornements divers.

247 Lot de sept aryballes, divers décors et couleurs variées.

248 Six petits aryballes, divers coloris.

249 Deux vases, un ascos et un aryballe ornementés.

FIGURINES EN TERRE CUITE

250 Néréide fuyant, écartant son voile qu'elle tient des deux mains. Haut. 246 mm.
Voy. pl. VI, n° 1.

251 Jeune Tanagréenne assise vers la gauche sur un trône, tenant probablement un miroir. Haut. 175 mm. *Voy. pl. VI, n° 2.*

252 Éphèbe coiffé d'un pétase, vêtu d'un chiton et d'une chlamyde, accoudé sur un cippe palestrique, son pied gauche est appuyé sur le socle, ses mains cachées sous la draperie qui laisse à découvert une partie du bras droit. Tanagra. Haut. 250 mm. *Voy. pl. VI, n° 3.*

253 Femme debout, drapée et voilée, relevant son voile de la main droite et la main gauche appuyée sur la hanche. Haut. 293 mm. *Voy. pl. VI, n° 4.*

254 Femme voilée, debout sur un socle, sa main droite sur la poitrine, ayant une pose nonchalante. Haut. 235 mm.

255 Déesse debout, tenant des sandales, voilée et parée d'un diadème. Trouvée à Thèbes. Haut. 360 mm. *Voy. pl. VI, n° 5.*

256 Femme debout, drapée, une main sur la hanche, coiffée d'une couronne et d'un chignon. Tête recollée. Haut. 305 mm.

257 Tanagréenne debout sur un socle rond, dans une pose très gracieuse, relevant son voile de la main gauche et le retenant de la main droite, coiffée d'un sakkos. Haut. 295 mm. *Voy. pl. VI, n° 6.*

258 Femme debout, drapée très gracieusement, tête recollée, les bras manquent. Haut. 302 mm.

259 Éphèbe debout sur un socle plat, vêtu d'un chiton, drapé dans sa chlamyde, accoudé sur un cippe, le pied gauche appuyé sur le socle, le bras droit en partie découvert. Tanagra. Haut. 258 mm. *Voy. pl. VII, n° 1.*

260 Femme debout, drapée dans son himation, tête diadémée. Tanagra. Haut. 287 mm.

261 Tanagréenne debout, pose rêveuse, retenant son voile de la main droite, son bras gauche replié derrière, coiffée de bandeaux. Haut. 230 mm.
Voy. pl. VII, n° 2.

262 Homme debout, légèrement adossé, tenant contre lui un coq. Haut. 245 mm.

263 Femme debout sur un socle dans une attitude nonchalante, ayant sa main droite sur la poitrine, la tête enveloppée d'un voile. Haut. 206 mm.

Voy. pl. VII, n° 3.

264 Danseuse sur un socle, drapée et relevant son voile des deux mains. Haut. 209 mm.

265 Jeune Tanagréen debout sur un socle, drapé dans un manteau, coiffé d'un pylos. Haut. 198 mm.   *Voy. pl. VII, n° 4.*

266 Apollon debout, au repos, tenant une lyre. Haut. 200 mm.

267 Tanagréenne debout, la jambe droite légèrement pliée, très enveloppée dans son voile, coiffée d'un chapeau pointu, et tenant un éventail. Haut. 254 mm.

Voy. pl. VII, n° 5.

268 Femme debout, voilée et drapée, attitude pensive. Tanagra. Haut. 185 mm.

269 Hoplite debout sur un socle, enveloppé dans sa chlamyde, coiffé d'un pétase ; pose virile. Tanagra. Haut. 250 mm.   *Voy. pl. VII, n° 6.*

270 Femme debout, son pied droit dépassant son long vêtement ; elle tient son voile et est coiffée d'un bandeau. Haut. 168 mm.

271 Amour volant, traces de dorure, pieds et mains cassés. Trouvée en Érétrie. Haut. 146 mm.   *Voy. pl. VII, n° 8.*

272 Jeune fille debout, portant une corbeille à ouvrage et tenant sa robe. Haut. 170 mm.

273 Jeune Tanagréenne drapée, assise sur une oie, elle tient un éventail. Haut. 128 mm.   *Voy. pl. VII, n° 10.*

274 Femme assise sur un trône, ayant une couronne, traces de couleurs. Haut. 172 mm. Archaïque.

275 Femme debout, drapée, cheveux bouclés. Haut. 169 mm.

276 Femme assise, traces de couleurs. Archaïque. Haut. 163 mm.

277 Masque, buste de femme, cheveux ondulés sortant d'un bandeau, traces de couleurs, bleu, rouge. Haut. 155 mm.

278 Masque, buste de femme ayant les cheveux longs, bouclés. Haut. 152 mm.

279 Philosophe debout, appuyé sur une colonne, habillé de fourrure. Haut. 162 mm. Restauré.

280 Femme drapée, assise, ses deux mains sur les genoux. Haut. 136 mm.

281 Cybèle assise sur un trône, tenant un miroir. Haut. 152 mm.

282 Tanagréenne voilée, tenant son voile des deux mains. Haut. 149 mm.

283 Hercule barbu, luttant avec un serpent. Style primitif. Haut. 145 mm.

284 Tête de bœuf. Haut. 110 mm.

285 Eros au vol ouvrant ses bras. Haut. 129 mm.

286 Fillette tanagréenne debout, tenant un miroir, hauts cheveux bouclés. Haut. 126 mm.

287 Enfant sur un cheval. Archaïque. Haut. 115 mm.

288 Femme assise, coiffée, ayant un chien à côté d'elle. Haut. 152 mm. ; une autre assise et voilée. Haut. 95 mm.

289 Satyre accroupi, croisant les jambes ; un autre semblable, plus petit.

290 Vieille nourrice portant un enfant emmaillotté sur son bras gauche, elle est drapée haut. Haut. 105 mm.

291 Enfant debout, appuyé contre une colonne, tenant un coq. Haut. 97 mm.

292 Femme nue, assise dans un fauteuil. Haut. 113 mm.

293 Fragment d'un buste. Archaïque. Haut. 125 mm.

294 Tête de femme diadémée. Haut. 90 mm.

295 Deux poupées articulées. Style primitif. Haut. 116 mm.

296 Petit buste de femme et une petite tête.

297 Deux têtes de statuettes ornées ayant des traces de couleurs.

298 Quatre têtes de statuettes.

BIJOUX D'OR

299 Paire de boucles d'oreille, en or, trouvées en Égypte. Victoire portant le disque solaire. Joli travail. *Voy. pl. VIII, n° 1.*

300 Paire de boucles d'oreille, filigranes et têtes de lions, trouvées en Syrie. *Voy. pl. VIII, n° 2.*

301 Boucle d'oreille en or, ptolémaïque, trouvée en Égypte. *Voy. pl. VIII, n° 3.*

302 Boucles d'oreille trouvées à Cumes ; disque contenant une fleur, soutenu par Harpocrate. *Voy. pl. VIII, n° 4.*

303 Paire de boucles d'oreille, tête de veau, torsade en filigrane et grenat. *Voy. pl. VIII, n° 5.*

304 Chaine en or, avec pendentif, forme de losange et petites têtes de lions. Long. 43 cent. *Voy. pl. VIII, n° 6.*

305 Plaque en or, représentant Anubis en Hermès, tenant le caducée et branche de laurier. Travail égypto-romain. *Voy. pl. VIII, n° 7.*

306 Pendentif en or, médaille cerclée, buste de Tychée. *Voy. pl. VIII, n° 8.*

307 Jolie chaine avec têtes de lions. Long. 38 cent. *Voy. pl. VIII, n° 9.*

308 Tête de femme en or repoussé. Joli travail grec du IVe siècle ; trouvé en Sicile. *Voy. pl. VIII, n° 10.*

309 Collier formé de mascarons en pendentifs. Très joli travail ; trouvé en Étrurie. Long. 43 cent. *Voy. pl. VIII, n° 11.*

310 Paire de boucles d'oreille : Harpocrate tenant une corne d'abondance et portant la main droite à sa bouche. Très beau travail ; trouvées à Adana.
Voy. pl. VIII, n° 12.

311 Bague en or massif, chaton pierre gravée intaille, tête de personnage romain.
Voy. pl. VIII, n° 13.

312 Belle bague massive : dans le chaton, Tychée couchée. Joli travail.
Voy. pl. VIII, n° 14.

313 Très jolie fibule, formant une mouche, le corps fait par un grenat.
Voy. pl. VIII, n° 15.

314 Boucle d'oreille en or, tête de bouc, filigrane et émeraude. Trouvée en
Égypte. *Voy. pl. VIII, n° 16.*

315 Paire de boucles d'oreille : deux jolis amours dont un tient une harpe, l'autre
une lyre. Beau travail grec. *Voy. pl. VIII, n° 17.*

316 Magnifique paire de boucles d'oreille, torsades se terminant par des amours.
Très beau travail grec du IV⁰ siècle. Trouvées en Attique.
Voy. pl. VIII, n° 18.

317 Boucle d'oreille or, grènetis, chainettes et grenat. Trouvée à Cumes.
Voy. pl. VIII, n° 19.

318 Paire de grandes boucles d'oreille en or, de forme originale. Trouvées en
Égypte. *Voy. pl. VIII, n° 20.*

319 Jolie boucle d'oreille conique, or filigrané. Travail ptolémaïque du III⁰ siècle.
Trouvée en Égypte. *Voy. pl. VIII, n° 21.*

320 Grande boucle d'oreille, anneau uni, petits ornements, pendentif conique filigrané. Trouvée en Sicile. *Voy. pl. VIII, n° 22.*

321 Bague en or ; sur le chaton, tête de femme gravée et recouverte d'un cristal.
Très intéressante. *Voy. pl. VIII, n° 23.*

322 Pendentif en or représentant Pygmée. *Voy. pl. VIII, n° 24.*

323 Bague en or et filigrane, chaton agathe, scarabée ; intaillé, bœuf courant à dr.
Voy. pl. VIII, n° 25.

324 Une paire de bracelets, serpents enroulés. Trouvés en Égypte.
Voy. pl. VIII, n° 26.

325 Petit flacon verre, jolie irisation, bouchon en or. *Voy. pl. VIII, n° 27.*

326 Scarabée, très joli, jaspe vert : sur le plat, sont gravées cinq lignes d'inscrip-
tions hiéroglyphiques. Long. 37 mm., larg. 26 mm.

327 Paire de boucles d'oreilles : têtes de bouquetins, anneau filigrane.
Voy. pl. IX, n° 1.

328 Paire de boucles d'oreille. Victoire ouvrant ses ailes, tenant une couronne
et un vase œnochoé. *Voy. pl. IX, n° 2.*

329 Très joli collier combiné : perles d'or séparées par des olives calcédoines, dont
6 en pendentifs. Long. 26 cent. *Voy. pl. IX, n° 3.*

330 Pendentif cerclé, personnage tenant une lance et un enfant. *Voy. pl. IX, n° 4.*

331 Bague d'or, intaille coquillage. *Voy. pl. IX, n° 5.*

332 Paire de boucles d'oreille. Camées, têtes de face. *Voy. pl. IX n° 6.*

333 Bague or, chaton hématite, intaille tête de femme. *Voy. pl. IX, n° 7.*

334 Chaînette double à fermoirs en formes de bouquetins, capsules en agathe. Long. 42 cent. *Voy. pl. IX, n° 8.*

335 Médaillon contenant un camée, Thésée debout. Haut. 37 mm. *Voy. pl. IX, n° 9.*

336 Boucle d'oreille, jolie forme, deux boucliers superposés. *Voy. pl. IX, n° 10.*

337 Paire de boucles d'oreille, disque soutenant un triangle filigrané.
Voy. pl. IX, n° 11.

338 Boucle gothique, anneau tenant un creux carré enchâssant une pierre rouge.
Voy. pl. IX, n° 12.

339 Tête d'épingle en or représentant une Victoire au vol, portant une couronne.
Voy. pl. IX, n° 13.

340 Superbe collier en or, perles tubulaires superposées en triangles formant pendeloques, alternant avec des croissants d'or et des cornalines. Long. 25 cent.
Voy. pl. IX, n° 14.

341 Bague or, chaton gravé : **CEIA·VAPCOV·ΨVXH**. Signi. (Divine âme de Varsou.) *Voy. pl. IX, n° 15.*

342 Beau collier, olives reliées par une chainette, fermoir forme rectangulaire, en or, gravé de dauphins, coquilles et têtes de serpent. Long. 41 cent.
Voy. pl. IX, n° 16.

343 Bague or, chaton ovale enchâssant un grenat, intaille tête artistique.
Voy. pl. IX, n° 17.

344 Bague avec ornements grènetis, chaton cornaline, intaille tête de femme.
Voy. pl. IX, n° 18.

345 Bague chaton, intaille femme qui trait une chèvre, branche d'olivier.
Voy. pl. IX, n° 19.

346 Boucle d'oreille forme de boule. *Voy. pl. IX, n° 20.*

347 Bague chaton rectangulaire, émeraude enchâssée dans un fil d'or.
Voy. pl. IX, n° 21.

348 Bague or massif, chaton hématite, buste de Sérapis intaille. *Voy. pl. IX, n° 22.*

349 Bague massive, chaton, intaille génie devant un guerrier qui tient une haste.
Voy. pl. IX, n° 23.

350 Petite breloque à amulettes, cylindre retenu par deux anneaux.
Voy. pl. IX, n° 24.

351 Boucle d'oreille, disque contenant une fleur soutenant une petite amphore en cornaline. *Voy. pl. IX, n° 25.*

352 Bague or, chaton forme losange, encastrant une cornaline. *Voy. pl. IX, n° 26.*

353 Superbe collier en or, olives avec ornements repoussés alternant avec des

boules filigranées et des cornalines ; au milieu, boule d'or ajourée en filigrane. Long. 22 cent. *Voy. pl. IX, n° 27.*

354 Boucle, agrafe, en argent doré, dessins ajourés. *Voy. pl. IX, n° 28.*

355 Joli collier combiné, olives d'or, perles rondes calcédoine, tête de lion en or en pendentif. Long. 21 cent. *Voy. pl. IX, n° 29.*

356 Collier en cristal de roche, perles rondes et taillées. Long. 23 cent.

Voy. pl. IX, n° 30.

357 Fibule en argent, épingle en torsade, très intéressant. Long. 73 mm.

Voy. pl. IX, n° 31.

358 Médaillon byzantin ayant une face en verre irisé, l'autre gravée d'une croix, un fil d'or autour enfilé de perles. Diam. 27 mm. *Voy. pl. IX, n° 32.*

359 Fibule en or, épingle tordue en spirale. *Voy. pl. IX, n° 33.*

360 Bague en or, chaton surélevé, rond, uni.

361 Bague argent massif, en forme de losange, chaton cornaline intaille.

362 Bague en bronze, hématite, intaille figure barbare.

363 Bague en bronze, sur le chaton en agathe, sanglier en intaille.

364 Collier formé de petits tubes et de 10 rondelles en feuilles d'or. Long. 17 cent.

365 Joli collier en or, sardonyx et cristal de roche, 5 scarabées. Long. 17 cent.

366 Boucle de ceinture, argent émaillé vert, cabochon et deux agrafes incrustés de rubis.

367 Trois boucles d'oreille : une, anneau uni en or relié en spirale, grappe en pendentif, une autre chaîne tressée en or et une boucle argent avec un pendant en racine d'émeraude.

367 *bis.* 1 lot de 10 bagues, 10 paires de boucles d'oreilles diverses, 7 autres boucles, 2 colliers et 10 couronnes.

COLLIERS EN PIERRES DURES
ET PATE DE VERRE

368 Collier en pâte de verre multicolore avec trois pendentifs ovales. Long. 30 cent.

369 Collier phénicien en pâte de verre. Perles polychromes très originales par leurs formes et leurs dessins. Long. 46 cent.

370 Collier barbare en ambre entremêlé de 3 perles et de 5 personnages en bronze. Long. 32 cent.

371 Collier en terre cuite. Pendeloques et massue. Long. 45 cent.

372 Collier en pâte de verre polychrome, décors variés. Long. 32 cent.

373 Collier en ambre et verre. Médaillon, personnages et amulettes diverses en bronze. Long. 33 cent.

374 Collier en pâte de verre. Perles cannelées et petites torsades. Long. 67 cent.

375 Joli collier en pâte de verre, perles irisées, décors variés. Long. 33 cent.

376 Collier de verre bleu, pendentif, figurine. Long. 17 cent.

377 Collier original en pâte de verre. Rondelles polychromes, décorées en spirales. Long. 23 cent.

378 Joli collier en sardonyx, perles rondes, grosseurs graduées. Long. 23 cent.

379 Collier de petites cornalines. Long. 19 cent.

380 Collier en pâte de verre phénicien, jolies perles polychromes décorées. Long. 39 cent.

381 Collier en perles cornaline rondes et cylindriques. Long. 19 cent.

382 Collier combiné, cornaline, ambre, verre irisé, osselets et pendentifs divers. Long. 39 cent.

383 Collier en pâte de verre, terre cuite; comme pendentifs, figurines égyptiennes Long. 41 cent.

384 Collier formé de perles très petites, en pâte de verre. Long. 36 cent.

385 Collier en pierre dure de différentes couleurs perles rondes. Long. 36 cent.

386 Un joli collier combiné, perles de verre irisé et pâte de verre avec diverses pendeloques. Long. 39 cent.

387 Collier perles pâte de verre, irisation. Long. 43 cent.

388 Collier en cornaline et pierre dure. Long. 39 cent.

389 Beau collier combiné : perles cornalines et pierres dures forme oblongue. Long. 46 cent.

390 Collier combiné, verre, pierre dure et scarabées. Long. 32 cent.

391 Collier terre cuite et pâte de verre. Long. 45 cent.

392 Collier en pâte de verre, perles très variées et décorées. Long. 43 cent.

393 Joli collier grosses perles cannelées, autres décorées, pâte de verre polychrome. Long. 52 cent.

394 Collier en cornalines taillées, au milieu un prisme. Long. 29 cent.

395 Collier en pâte de verre polychrome, olives cannelées et pendentifs en ambre noir. Long. 31 cent.

396 Collier phénicien, perles pâte de verre, divers ornements incrustés. Long. 42 cent.

397 Collier incrustations diverses sur perles de pâte de verre phénicien. Long. 48 cent.

398 Collier formé de perles blanches en pierre dure opaque. Long. 54 cent.

399 Collier pâte de verre, perles polychromes décorées d'incrustations. Long. 61 cent.

400 Collier pâte de verre phénicien, perles incrustées, dessins divers. Long. 64 cent.

1

2

3

4

5

6

7

Pl. V

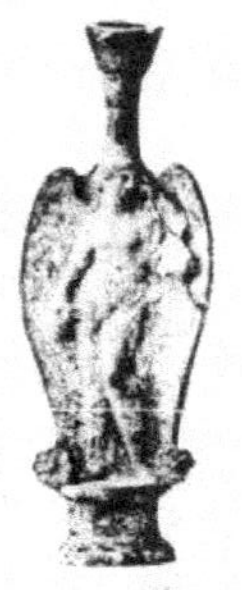

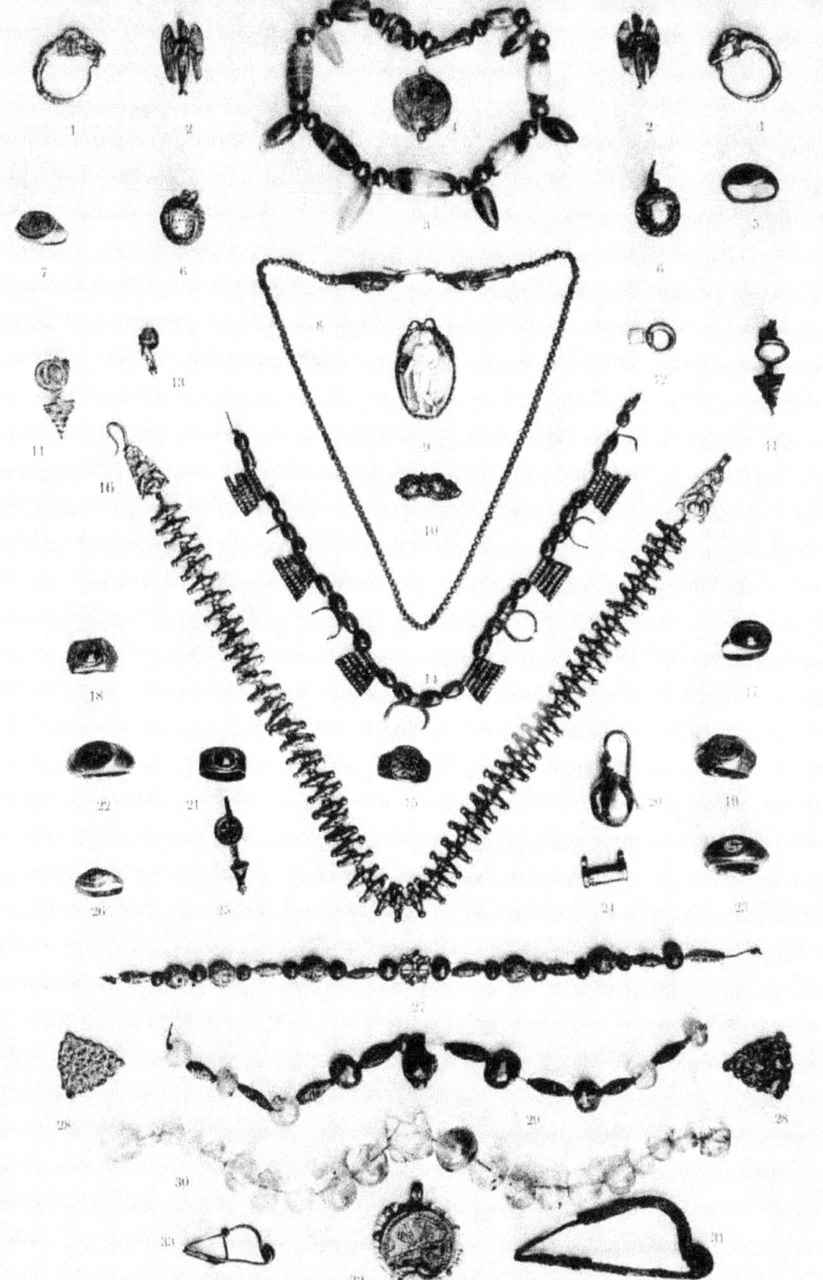

RED. :

25

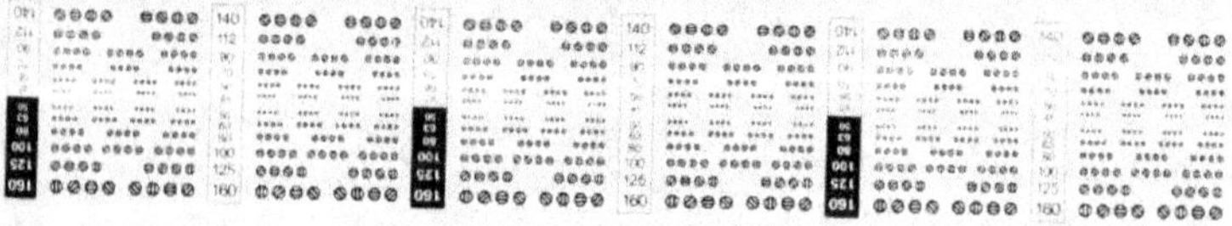

MIRE ISO N° 1
NF Z 43-00
AFNOR
Cedex 7 - 92080 PARIS LA DEFENSE

graphicom